Pauline Schul

Steine zumTräumen

Ein Spiel mit der Fantasie

Verlag tredition Hamburg 2020

Pauline Schul

Steine zum Träumen

Ein Spiel mit der Fantasie

Verlag tredition Hamburg 2020

Impressum
© 2020 Pauline Schul

Lektorat, Korrektorat, Fotos: Dr.med.Andreas Müller
Herausgeber: Pauline Schul

Verlag und Druck: tradition GmbH, Halenreie 40-44, 22359 Hamburg

ISBN Taschenbuch: 978-347-18667-5

ISBN Hardcover: 978-347-18668-2

ISBN e-Book: 978-347-18669-9

Bibliografische Information der Deutschen Nationalbibliothek:

Die Deutsche Nationalbibliothek verzeichnet diese Publikation in der Deutschen Nationalbibliografie; detaillierte bibliografische Daten sind im Internet über http://dnb.d-nb.de abrufbar.

Du meinst, das ist einfach nur eine alte Vogelscheuche?
Wer weiß, was sie macht, wenn es ganz dunkel ist!

Steine zum Träumen

Hallo,

mein Name ist Pauline, und es gibt mich jetzt schon seit elf Jahren. Die Steine, von denen ich Dir erzählen will, sind aber millionenmal älter als ich, und das ist doch sehr beeindruckend, oder nicht?

Steine gibt es überall. Weil es so viele sind, achtet man meistens garnicht auf sie, obwohl sie uralt sind und viel erlebt haben in ihrem Dasein.

Weißt Du, warum ich dieses Buch geschrieben habe? Ich liebe alle diese Steine, die ich in den Bergen, vor allem aber überall an Flussufern gesammelt habe. Außerdem bringt mein Opa von jeder seiner Reisen immer einen Sack voll neuer, interessanter Steine für mich mit. Er hat mir erzählt, daß es welche gibt, die sind so alt wie der Mond, manche entstehen aber auch erst in unserer Zeit, wenn zum Beispiel bei einem Vulkanausbruch Lava, Bimsstein und Basaltgestein ausgespuckt werden (Bild 4).

Du kannst Dir denken, daß ich inzwischen eine riesige Sammlung von ganz verschiedenen Steinen habe. Ich mag sie besonders, weil sie geheimnisvolle Muster oder schöne Farben haben, oder wenn Versteinerungen darin eingeschlossen sind. Fantastische Figuren, aber auch richtige

Tiere und Pflanzen können versteinert sein. Die nennt man dann Fossilien. Sie sind mindestens 10.000 Jahre alt, eine ganze Reihe von ihnen ist aber noch viel älter, bis zu 500 Millionen Jahre.

Jeder weiß, daß es auch versteinerte Menschen gibt, wenn sie von einer Hexe verzaubert worden sind. Du meinst, die findet man nur in Märchen? Merkwürdige Tiere, fremdartige Pflanzen und Fabelwesen, die gibt es aber schon! Und die findest Du hier in diesem Buch.

Aus dem Leben von einem dieser Steine möchte ich Dir erzählen, was er meinem Opa verraten hat. Und das war so: „Aua!" sagte der Felsen tief unten im Gebirge, „ist das heiß hier. Und was für ein schrecklicher Druck liegt da über mir!" Der Berg um ihn herum war wirklich gewaltig groß und schwer. Da platzte das Felsenstück weg und flog durch einen Vulkanschlot hoch hinaus in die Luft. Von da oben stürzte es in einen Gebirgsbach und zerbrach in zwei Teile. Die lagen nun da im kalten Wasser des Baches, das mit gelösten Mineralien angefüllt war, so wie unser Trinkwasser Kalk enthält, der sich in den Wasserrohren und im Badezimmer im Duschkopf ablagert und ihn verstopft. Im Wasser kann auch Eisen gelöst sein, das sich in roten Rost umwandelt, oder Kieselsäure, aus der die weißen Kieselsteine entstehen.

Mit der Zeit füllte sich der Spalt zwischen den zwei Teilen des zerbrochenen Felsstückes mit solchen weißen Kieselmineralien, die sich an seinen Flächen absetzten. Es war wie eine Narbenbildung oder ein Klebstoff, und es dauerte endlose Jahre, bis die Teile durch diesen natürlichen Vorgang wieder zusammengefügt waren. Eine große Eiszeit kam, Gletscher bildeten sich und nahmen den ganzen Stein mit, schleppten ihn weiter fort, bis das Eis wieder schmolz. Seine rauhen Kanten waren schon etwas abgeschliffen. Der Fluß, der von dem Gletscher übrig geblieben war, rollte ihn in seiner Strömung mit tausend anderen Schicksalsgenossen weiter ins Tal, bis seine Oberfläche ganz glatt und rund wurde, und die Mineralnarbe wie ein weißer Ring um seinen Bauch herumlief.

Diese Geschichte hat ein Stein meinem Opa erzählt. Und jetzt weißt Du, wie die hellen oder gefärbten, geraden und gezackten Linien und Flecken in die Steine kommen, von denen wir so viele in den Kiesbänken an Flussufern gefunden haben. Und Flüsse kommen aus dem Gebirge, und hier unten war früher einmal alles mit Eis bedeckt.

In meinem Buch möchte ich Dir einige dieser verschiedenen Steine zeigen, die mir besonders gefallen. Jeder von ihnen hat seine ganz eigene Geschichte und sein unverwechselbares Gesicht, so wie wir Menschen auch. Sieh sie Dir deshalb einfach mal an. Sicher findest auch Du Deinen Lieblingsstein und hast einen Namen für ihn.

Am Schluß des Buches siehst Du dieselben Fotos noch einmal, aber die Figuren habe ich jetzt bunt angezeichnet, damit Du sehen kannst, was ich mir vorstelle, was ich in ihnen gesehen habe. Auch die Namen, die ich für sie ausgesucht habe, stehen dabei.

Ich bin sicher, daß Du auch ganz andere Ideen hast. Schließlich hat jeder Mensch seinen eigenen Geschmack und seine eigene Fantasie.

Viel Freude und Spannung beim Ansehen der Fotos wünscht Dir

Pauline

Abbildungen der Steine

Huesca, spanische Pyrenäen. Fossile Einschlüsse

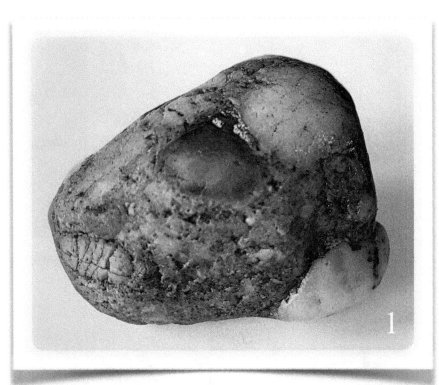

5

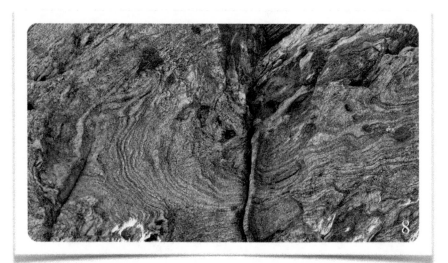

8

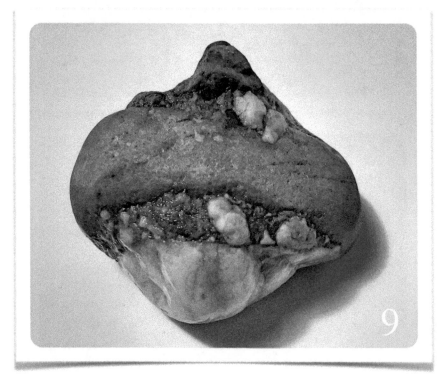

9

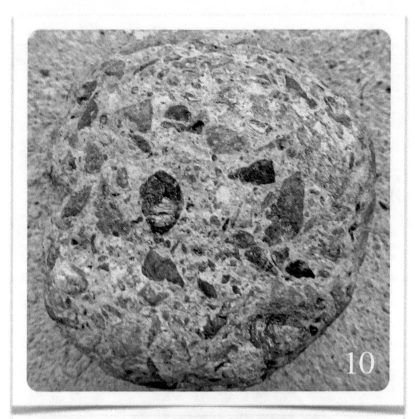

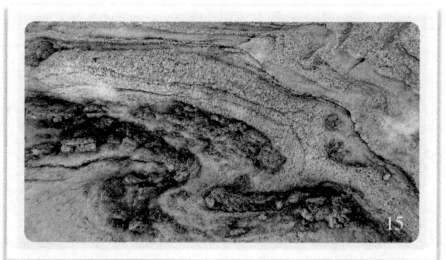

16

17

18

19

20

21

22

23

24

25

26

27

28

29

32

33

34

35

36

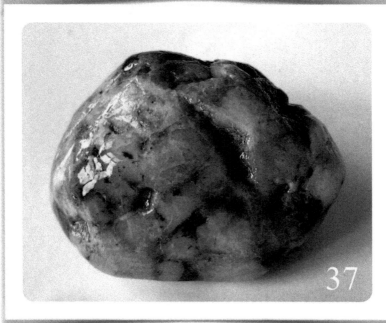

37

38

39

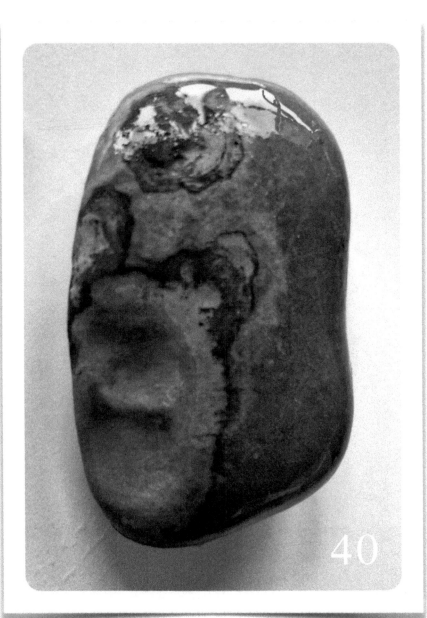

40

42

43

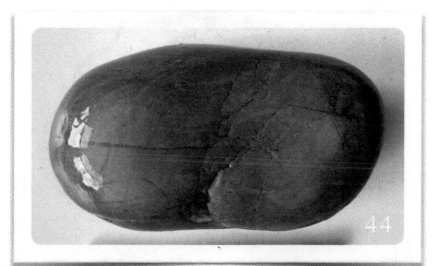

44

45

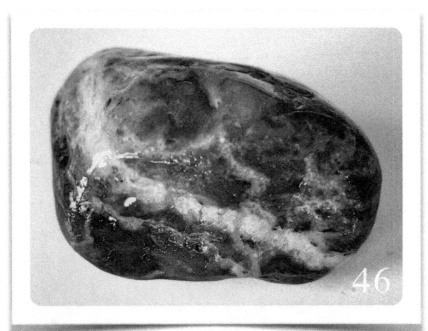

48

49

50

51

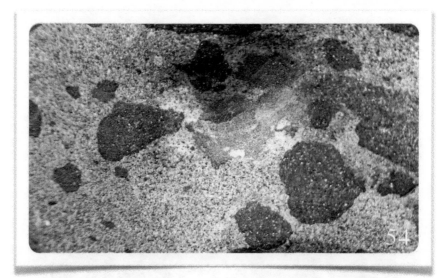

54

55

56

57

59

58

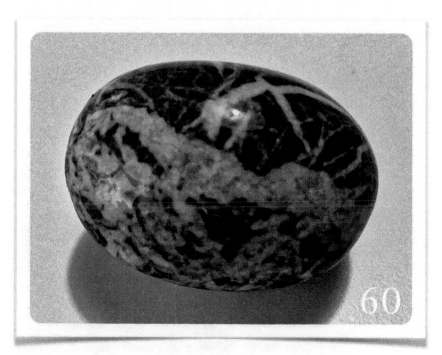

60

61

64

65

66

67

68

69

70

71

72

73

74

75

76

77

78

79

80

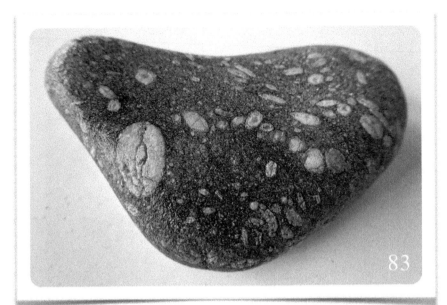

83

84

85

86

87

88

91

92

93

94

95

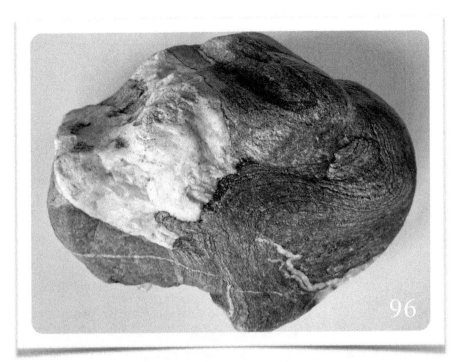

96

97

98

99

100

101

102

103

106

107

108

109

Beschreibung der Fotos

Abb.: Cap Creus, östliche spanische Pyrenäen

Abb. 1 Der Außerirdische

Er sieht ziemlich grimmig aus. Wahrscheinlich hat man ihn auf der Erde nicht besonders freundlich begrüßt und damit wütend gemacht.

Abb. 2 Die tanzenden Geister

Ich sehe ganz viele Gestalten, die sich miteinander hin und her bewegen.

Abb. 3 Das Nilpferd

Es hat einen massigen Kopf mit spitzen Ohren und ein großes Maul.

Abb. 4 Der Vulkan

Aus dem Vulkanschlot strömt eine Wolke aus Rauch, Feuer, Lava und Gestein heraus. Mittendrin schwimmt eine Kaulquappe.

Abb. 5 Die Fische

Zwei Fische treffen sich im blauen Wasser des Ozeans und geben sich zur Begrüßung einen Kuß.

Abb. 6 Hunde und Steingesichter

Oben links im Bild jagt eine Meute von Hunden. Wievielees sind, läßt sich nicht zählen, weil man sie kaum aus-einanderhalten kann. Ich habe sie rot umkringelt

Abb. 7 Pfannkuchen mit Trüffelscheiben

Die esse ich besonders gern. Deshalb habe ich bei diesem Stein sofort daran gedacht.

Abb. 8 Zwei Gesichter

Die beiden erzählen sich was, aber man versteht nichts, weil sie flüstern. Sie haben ein Steingeheimnis.

Abb. 9 Das Monstergesicht

Dem möchte ich nicht im Dunklen begegnen, weil es recht bissig aussieht.

Abb.10 Versteinertes Konfetti

So viele wunderschöne Farben und verschiedene Formen in einem kleinen Stein, der nicht größer als eine Walnuss ist!

Abb. 11 Höllenhunde

Vielleicht sind sie garnicht so höllisch, jedenfalls scheinen sie sich gern zu haben.

Abb. 12 Die Tänzer

Ich sehe nicht nur die beiden sich miteinander bewegenden Figuren, sondern höre auch die Musik, zu der sie tanzen, wenn ich lange genug hinsehe.

Abb. 13 Der Zauberer

Um seine Arme flattert ein weites Kostüm im Wind, den er wahrscheinlich selbst herbeigezaubert hat.

Abb. 14 Der Fischkopf

Satt und zufrieden scheint er auf dem Meeresgrund auszuruhen.

Abb. 15 Die Strandmöve

Da liegt vieles herum, was die Möwe fressen kann, sie muß es nur aufpicken. Sicher hast Du das auch schon einmal am Strand beobachtet.

Abb. 16 Das Steinmännchen

Ich glaube, es ist mir freundlich gesinnt, aber bei einem so uralten Gesicht weiß man nicht, was darin vorgeht.

Abb. 17 Die Brücke

Ich sehe eine felsige Berglandschaft und ein breites, reißendes Gewässer, in dem sicher viele Steine von der Strömung flußabwärts gerollt werden. Eine Brücke verbindet die beiden Ufer.

Abb. 18 Das Ungeheuer

Von dem möchte ich nicht gebissen werden. Vielleicht ist es auch nur ein Hecht oder eine Muräne. Die haben beide auch so ein schreckliches Maul und können schmerzhaft zupacken. Wenn Du willst, kannst Du das Bild auch anders sehen, mit einem Tiermaul rechts (Blau angezeichnet). Du weißt ja, jede Fantasie ist erlaubt.

Abb. 19 Der Fuchs

Da rennt er nach rechts weg. Unter ihm ist auch noch ein Vogel mit langem Schnabel unterwegs.

Abb. 20 Das Tigerfell

Es ist ein Bimsstein aus einem Vulkan, aber es sieht doch aus wie das Fell der Raubkatze, finde ich.

Abb. 21 Das verbeulte Ei

Da das Gebilde aus Stein besteht, könnte es doch ein verbeultes Dinosaurier- Ei sein.

Abb. 22 Mädchen mit schwarzem Haar

Ganz klein hat sich das Kind unten auf dem Stein versteckt. Man erkennt es aber gut.

Abb. 23 Der Windgott

Nach links ist sein Gesicht gerichtet, die Backen sind dick aufge- blasen, das wird einen schönen Sturm geben.

Abb. 24 Der Marsmensch

Kleiner Kopf, mächtiger Brustkorb mit Schild, auf dem nochmals ein Gesicht zu erkennen ist. Es könnte auch eine Marsfrau sein, die schwanger ist.

Abb. 25 Das Hundeportrait

Dazu brauche ich wohl nichts weiter zusagen, oder?

Abb. 26 Die Schildkröte

Das ist bestimmt eine Kampfschildkröte. Ich denke das, weil sie mich so angriffslustig ansieht. Ich habe selbst zwei Schildkröten, aber die sind lieb und harmlos, wenigstens solange ich sie nicht ärgere.

Abb. 27 Ein Büffel

Er will nichts von mir wissen, deshalb dreht er mir sein Hinterteil zu und schaut nur verächtlich zurück.

Abb. 28 Die Tänzerin

Dieser Stein gefällt mir besonders, auch wenn man genauer hinsehen muß, um seine Schönheit zu entdecken. Erkennst Du die Tänzerin, die, mit einem weiten Glockenrock bekleidet, wie eine Fee über den Boden schwebt? So möchte ich auch tanzen können.

Abb. 29 Die Riesenschlange und die Drachenkinder

Links reckt sich der lange Schlangenkörper hoch, aus dem Maul sieht man die feine Zunge ragen. Unter ihr zappeln zwei fliegende kleine Drachen.

Abb. 30 Die Wasserwürmer

Das Wasser und der Meeresgrund sind so schön grün gefärbt. Alle die kleinen, schwarzen Würmchen flitzen darüber hinweg. Es könnten Blutegel sein.

Abb. 31 Die liegende Frau

Da liegt sie, ihr dicker Rock deckt sie halb zu. Schläft sie?

Abb. 32 Das Großmaul

Das kann man wohl sagen, das Maul ist riesig. Kein Wunder, daß er so komisch schaut.

Abb. 33 Die Froschaugen

Kein Frosch wäre beleidigt, wenn man ihn wegen seiner kugeligen Augen bewundert. Augen aus klarem Kristall, wer hat die schon.

Abb. 34 Die Antilope

Schnell rennen kann sie, wie Du siehst, bis zu 80 Kilometer pro Stunde. Bei der Geschwindigkeit legt sie Ohren und Geweih an, um den Windwiderstand zu verringern.

Abb. 35 Das Auge

Das Auge, bestehend aus Quarz, glotzt nach links ins Leere. Zu wem oder was es gehört, habe ich nicht sehen können.

Abb. 36 Die Hunde

Mehrere große und kleinere Hunde habe ich hier gesehen, ein Schnauzer ist dabei.

Abb. 37 Das Gesicht

Ein Affengesicht? Ein erstaunter Ausdruck liegt in seinen Augen, als wundere er sich, daß ihn ein Mensch erkannt hat.

Abb. 38 Die Steinwürmer

Ja, die Steinwürmer fressen sich durch den Stein, so wie es unsere Regenwürmern unter der Erde tun.

Abb. 39 Der Steinsessel

Ein ganz modernes Design aus alter Zeit. Bequem sieht er allerdings eher nicht aus, etwas zu hart.

Abb. 40 Der Glatzkopf

Spiegeln muss die Glatze, sonst ist sie nichts wert. Deshalb ist der Mann auch so glücklich.

Abb. 41 Die Gazelle

Schöne, gerippte Hörner hat sie, ich glaube, rechts von ihr ist noch eine.

Abb. 42 Der Schlafende

Er liegt entspannt im Gras, ein Arm ist nach oben hoch-geschlagen. Wovon mag er träumen?

Abb. 43 Das Einauge

Was ein Einauge ist? Keine Ahnung. Großes Auge, kleiner Mund. Solche Gesichter gibt es auch bei uns Menschen.

Abb. 44 Der Flüsterer

Das ist so einer, der Gerüchte und Lügen verbreitet, immer heimlich und leise, weil er feige ist und von niemandem gehört oder gesehen werden will.

Abb. 45 Die springenden Fische

Ich habe einige Fische in meiner Steinsammlung. Diese springen lebendig rauf und runter im dunkelgrünen Wasser.

Abb. 46 Der erstaunte Blick

Findest Du nicht auch, daß der Gesichtsausdruck sagen könnte: „Oh Gott, gibt es denn wirklich keine Pizza mehr?"

Abb. 47 Der Vogelkopf

Da sitzt er im Stein gefangen, der Vogel. Sein Schnabel ist ganz wellig vor Hunger.

Abb 48 Der Tiefseefisch

So sieht es aus ganz tief unten im Meer. Über dem Grund schwebt ein Fisch, der sich sehr abmühen muß, um etwas Freßbares zu sehen, weil es dort so dunkel ist. Aber er scheint immer was zu finden, denn er ist ganz schön dick.

Abb. 49 Der schreiende Mund

Es gibt ein Bild von einem norwegischen Maler, das heißt „Der Schrei" (E.Munch). Vielleicht kennst Du es. Die Frau auf dem Bild hat einen ebenso aufgerissenen Mund wie dieser Stein hier.

Abb. 50 Der Eidechserich

Auch so ein grimmiger, bissiger Geselle. Aber nur gefährlich für Würmer, Maden und Käfer.

Abb. 51 Der Zombi mit dem Schwert

Das ist auch einer von den besonders ausdrucksvollen Steinka-
meraden, der mir nachts Angst machen könnte. Zum Glück ist
der Stein nur wenige Zentimeter groß.

Abb. 52 Im Badezimmer

Die junge Frau links bewundert sich im Spiegel und bemerkt
nicht, daß sie von einem gräßlichen, hungrigen Insektentier be-
lauert wird (rechts). Gleich wirst Du ihren Schreckensschrei hö-
ren.

Abb. 53 Das Fleischstück

So etwas möchte ich nicht zum Essen auf dem Teller liegen haben. Das Fleisch ist entweder verkohlt oder schon verwest, pfui
Teufel nochmal!

Abb. 54 Das Pärchen mit dem Pferd

Die zwei oben haben sich lieb, das kann man sehen. Und das
Pferd schaut gut gelaunt zu.

Abb. 55 Die zertretene Ameise

Ich gebe zu, dafür braucht man einen ganzen Sack voll Fantasie.
Aber gleich als ich den Stein ansah, hatte ich diese verrückte
Vorstellung.

Abb. 56 Das Muttermal

Es gibt ja viele braune, gelbe, flache, höckerige Hautverände-
rungen überall am Körper. Aber so ein roter, auffälliger Flecken

mitten auf der Stirn, das ist schon heftig. Es gab mal einen russischen Politiker, der hatte genau sowas auch.

Abb. 57 Die Halloween-Schönheit

An Halloween gerne, aber sonst-nein danke

Abb. 58 Die Versammlung der Tiere

Wal, Schwertfisch, Eule und Taube. Tiere aus dem Wasser und vom Land treffen sich zur Beratung, was sie gegen den vielen Müll der Menschen tun könnten. Kannst Du sie alle sehen?

Abb. 59 Der Mann, der Würmer verspeist

Glücklich sieht er ja nicht gerade aus. Aber vielleicht gab es gerade nichts anderes auf der Speisekarte.

Abb. 60 Der Dinosaurier und die Flugechse

Solche Tier haben damals gelebt, als der Stein entstand.

Abb. 61 Der singende Vogel

Mit weit aufgesperrtem Schnabel pfeift er sein Lied. Ich höre da immer eine Amsel singen. Amseln haben so schöne Lieder im Frühling. Sie singen aber nicht aus Freude, sondern um anderen Vögeln klarzumachen: „Bleibt weg hier, das ist mein Revier. Hier gehören alle Würmer, Fliegen und Käfer mir. Die sind für meine Kinder. Baut Eure Nester gefälligst woanders!"

Abb. 62 Die Steinzeichen

Diese Buchstaben zeigen Dir, an welchen Stellen dieser Stein früher einmal gebrochen war, bevor sich die Risse wieder mit einem Mineral gefüllt haben.

Abb. 63 Das Schaf

Besonders intelligent sieht er nicht aus, der Schafskopf, er lacht so dümmlich vor sich hin. Tue ich ihm Unrecht, und er ist im Gegenteil sehr weise?

Abb. 64 Das Fischerboot und der schlafende Mann

Der Mann liegt auf dem Bauch am Strand, und das Boot sieht auch nicht mehr besonders seetüchtig aus. Das scheint doch ein Schiffsunglück zu sein.

Abb. 65 Der Flugsaurier

Auf einem langen Giraffenhals sitzt der kleine Kopf mit den böse funkelnden Augen. Viel Gehirn kann der nicht haben. Also nichts wie weg!

Abb. 66 Die zwei Vögel mit den langen Schnäbeln

Das sind wohl auch ältere Exemplare, die heute nicht mehr existieren, höchstens als Gerippe in einem Naturkunde-Museum.

Abb. 67 Das Gesicht

Es liegt mit dem Blick nach oben und scheint in Sand oder braunem Schlamm zu versinken.

Abb. 68 Der Backenzahn des Mammuts

So oder ähnlich mag er aussehen, der Backenzahn des Urur-
großvaters von unseren heutigen (wenigen) Elefanten.

Abb. 69 Die Niere

Die kann keiner mehr brauchen, es sind lauter Schnitte darauf.
Da hat wohl ein Chirurgen-Lehrling mit seinem Skalpell geübt.

Abb. 70 Die Steinsocke

Mit Knochenstricknadeln aus Urschaf-Wolle gestrickt. Ganz
schön clever, unsere Vorfahren.

Abb. 71 Mensch und Fliege

Die Männerfigur ist alt, die Fliege hat gerade noch gelebt.

Abb. 72 Das Zebrafell

Könnte dieser Stein einem Zebra als Muster für sein Fell gedient
haben?

Abb. 73 Die Frau mit den wilden Tieren

Vermutlich sind das alles Bären, die um die Frau herumrennen.
Wenn sie Glück hat, sind es Tanzbären.

Abb. 74 Die Gehirnhälften

Neandertaler und andere Urmenschen hatten auch schon ein
solches Gehirn. Wer kann also sagen, von wem dieses stammt?
Hast Du eine Idee?

Abb. 75 Der Augapfel

Ein wenig vergammelt ist es schon, das Auge. Aber da es aus Stein ist, wird man sicher nichts riechen.

Abb. 76 Das Stirnband

Nur die obere Hälfte des Schädels ist übrig geblieben. Wegen des dunklen Stirnbandes denke ich an einen Piratenkopf. Der ist sicherlich einem Seeräuber mal abgekackt worden, nachdem man ihn erwischt hat.

Abb. 77 Zwei Seejungfrauen

Wie anmutig schweben die beiden grazilen Körper über den algenbewachsenen Meeresgrund dahin (einer meiner Lieblinge).

Abb. 78 Der Schmetterlingsflügel

Mit etwas Fantasie kannst Du sehen, wie er immer noch flattert und zittert, nach einer Ewigkeit.

Abb. 79 Das Skelettgebiß

Wie es lacht, wie glücklich es ist in der Erinnerung an das letzte, in das es hineingebissen hat, was immer es war.

Abb. 80 Der Widderkopf

Sieh nur, wie er Dich anblickt. Die spiralförmig gewachsenen Hörner links und rechts am Schädel. Sein Gesicht wirkt freundlich.

Abb. 81 Das Maul

Die Kiefer weit auseinander klaffend, zackige Zähne, und eine lange Zunge, die gierig einem unsichtbaren Opfer entgegenzüngelt, das wäre ein Bild für Alpträume.

Abb. 82 Ein gestreifter Himmel über Felsen

Kein Tier, überhaupt kein Lebewesen, nur ruhige, friedliche Natur. Auch daran kann ich mal meine Freude haben. Und Du?

Abb. 83 Die kleinen Strahlentierchen (Fossil)

Einhundertfünfzig Millionen Jahre alt, und immer noch so deutlich und schön anzusehen, es ist kaum zu glauben. Wenn ich an solche Zeiträume denke, an die Zeit der Dinosaurier, wird mir ganz schön schwindelig.

Abb. 84 Die Ratte

Schön fett ist sie, ein wenig grün von dem Schlamm, in dem sie gerade gewühlt hat, und ihr Blick ist listig, finde ich. Aber eigentlich habe ich nichts gegen Ratten, solange sie nicht hinterhältig sind.

Abb. 85 Der Ritter

Da ist er ja, mein Held, der mich mit dem Schwert verteidigt gegen jeden, der mir etwas antun will. Du kennst doch sicher Ivanhoe, den schwarzen Ritter. So einer ist dieser hier auch.

Abb. 86 Der Bärtige

Ein Bimsstein-Mann. Anstelle von Haaren hat er grünes Moos auf dem Kopf. Es ist eben schon ein älterer Mann.

Abb. 87 Das Gebirge

Der Stein ist nicht sehr groß, gerade so wie meine Schultasche. Aber richtige Gebirge können genau so aussehen.Wegen der tiefen Spalten und Rinnen könnte man gut darin klettern. Bist Du schon mal auf einen Berg geklettert?

Abb. 88 Zwei im Gespräch

Zwei Fabelwesen unterhalten sich gerade über das Wetter, über die Kinder, über die Corona-Virus-Pandemie, die zur Zeit alle Erwachsenen verrückt macht, und was weiß ich über was sonst noch.

Abb. 89 Der Wiedehopf

Wenn man auf Bild 88 nur die untere Hälfte ansieht, dann erkennt man einen Vogel. Wiedehopf, tatsächlich, so heißt es wirklich, das komische Federtier mit dem langen Schnabel und dem nach hinten gerichteten Federkamm auf dem Kopf. Er ist sehr selten geworden, weil es immer weniger große Wiesen ohne Häuser und ohne Felder mit Traktorenlärm gibt. Der Wiedehopf baut nämlich sein Nest nicht in Bäumen sondern direkt auf den Boden. Das tut er aber nur, wenn er sich da unbeobachtet und sicher fühlt.

Abb. 90 Der See-Elefant

Sein Körper ist dick und pummelig, aber er kann sich sehr schnell bewegen. Also nicht zu nah ran. Aber in unseren Breitengraden gibt es keine solchen Tiere.

Abb. 91 Der superdicke Mann

Vor lauter Bauch und Fett muß man den Kopf suchen. Das Gesicht grinst zufrieden links oben im Bild. Einen Hals hat der Fettwanst nicht. Oder vielmehr, der ist auch in Fettmassen versteckt.

Abb. 92 Die Sanduhr

Wo liegt die Sanduhr? Im Sand natürlich.

Abb. 93 Das Drachenbaby

Es erinnert mich an ein Pony, das „Männchen" macht.

Abb. 94 Der Delfin

Mal ein ganz friedfertiger und intelligenter Fisch, der Menschen liebt, auch wenn er es manchmal bereuen muss. Wusstest Du, daß er ein Säugetier ist und zu den Zahnwalen gehört?

Abb. 95 Der Eisbecher à la Familie Feuerstein

Lecker, aber das Gebiss sieht nach dem Genuss dann so aus wie auf Abb. 107, uncool.

Abb. 96 Die Hexe

Tolles, lockiges Haar hat sie. Über ihr Gesicht kann man streiten.

Abb. 97 Der Hummer

Da schwimmt das Zangentier, die Fühler weit nach vorne gestreckt, weil sie besser als seine Augen etwas Freßbares aufspüren können.

Abb. 98 Die gezeichnete Gazelle

Diese „Hornträgerin" hat sich wie eine Kugel zusammengerollt. Was hat sie vor? Schläft sie? Träumt sie? Jemand hat ihr ein „P" auf die Stirn gemalt. „P" wie Pauline? Nein, ich besitze keine Gazelle, nur zwei Schildkröten.

Abb. 99 Der Igel

So sieht das niedliche Stacheltier von unten aus, wenn es sich zusammengerollt hat, und Du es umdrehst. Dies hier hat offensichtlich keine Angst, denn es lacht. So sehe ich es wenigstens.

Abb. 100 Nordische Landschaft

Ein Eisberg schwimmt im Polarmeer. Jederzeit kann ein Stück abbrechen und ins Wasser abstürzen. Dabei entstehen große Wellen.

Abb. 101 Die Muschel (Fossil)

Ein Stückchen von einer Muschelschale, das von früherem Meeresboden hoch ins Gebirge gehoben wurde, als die Alpen sich auftürmten. Kennst Du auch solche Fossilien?

Abb. 102 Die Schnecke (Fossil)

Die Reste dieser grauen Schnecke hier haben das gleiche Schicksal wie die Muschel in Abb. 101. Auch die hat mein Opa in den Bergen gefunden.

Abb. 103 Der Spaziergang mit Hund

Die beiden Menschen führen ihren Hund aus. Siehst Du etwas anderes? Auch gut.

Abb. 104 Das Kopfkissen

Hübscher Entwurf, aber nichts für mich. Welcher harte Schädel hat die Mulde in das Kissen gedrückt?

Abb. 105 Die Steinpistole

Das ist mir spontan eingefallen, ich bin aber nicht so ein amerikanischer Waffenfan. Davon halte ich gar nichts.

Abb. 106 Der Donnerkeil (Fossil)

Das ist ein Krebsschwanz, einmal längs, einmal quer geschnitten.

Abb. 107 Das verwahrloste Gebiß

Da hat wohl jemand einen Eisbecher bei Familie Feuerstein gegessen (Abb. 95) ? Da hilft auch kein Zahnarzt mehr.

Abb. 108 Der eingewickelte Stein

Vielleicht war das eine Art Steinschleuder, wie sie David benutzt hat. Du weißt schon, der den Goliath besiegt hat.

Abb. 109 Die Fische

„Wieder mal Fische!" denkst Du? Ja, zum Schluß nochmal Fische. Es gibt auch hier so viele andere Sichtweisen. Das ist gerade das Schöne an dem Spiel mit unserer

F a n t a s i e.

Farbig markierte Fotos

Abb.: Durance, Théus, Frankreich

„La Salle de Bal des Demoiselles"

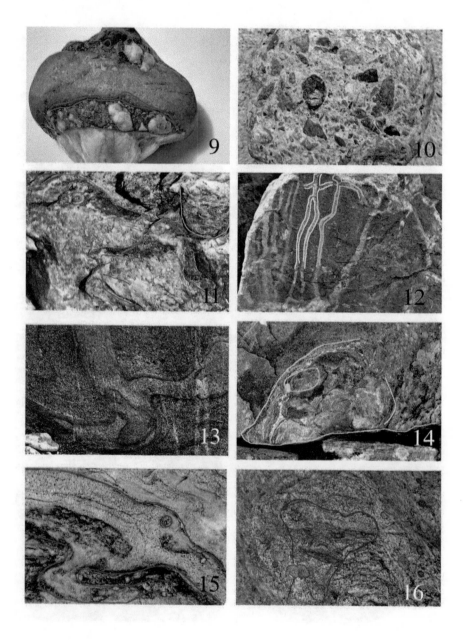

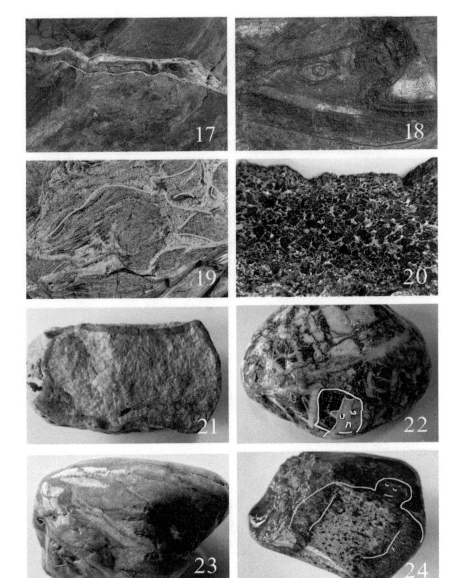

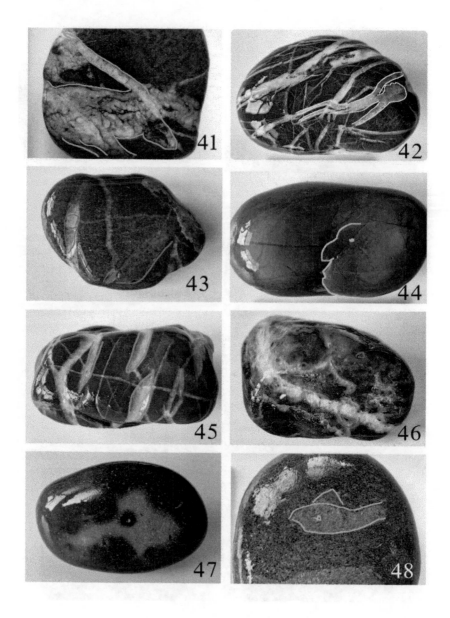

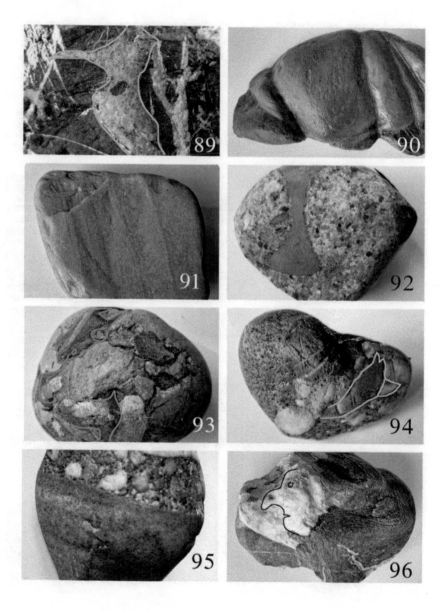

105

106

107

108

109

Nachwort

Abb.: Südfrankreich, Les Orgues

So, geschafft. Und wie fühlst Du Dich jetzt, nach der ganzen Bilderlawine? Ich finde, es ist wie beim Schokolade essen. Die ganze Tafel auf einmal schlucken, das macht Bauchbeschwerden und weckt Widerwillen.

Hundert Bilder anzusehen und dann noch lauter witzige Ideen zu haben, das schafft niemand, es macht auch keinen Spaß mehr. Deshalb ist es besser, nach dem ersten Durchsehen (um die größte Neugier zu stillen), erstmal das Buch wegzulegen und später wieder in die Hand zu nehmen, wenn Du wirklich wieder Lust darauf hast. Und dann nimm Dir auch nur einige Fotos vor, dann kommt die Entdeckerfreude von selbst, und Du wirst sehen, daß Dir viele Einzelheiten auffallen, die Dich auf eine märchenhafte und fantasiereiche Reise mitnehmen.

Das ist ja der eigentliche Sinn, weshalb ich mich durch viele Mühen und Probleme hindurchgefressen habe, um etwas zu schaffen, das Menschen zum Träumen bringt und sie aus ihrem täglichen Trott herausholt. Das wird Kinder und Erwachsene von ihren Alltagssorgen ablenken, und nicht nur das, auch das kreative Denken hat endlich wieder einmal Gelegenheit, Dich einzufangen und zu fesseln. Das „Sehen mit der Seele" ist eine Fähigkeit, die jeder lernen kann. Sie macht uns im Umgang mit unseren Mitmenschen offener und rücksichtsvoller.

oooooooo